꽃잎이 뚝뚝 떨어지는 날
네가 왔으면 좋겠다

꽃잎이 뚝뚝 떨어지는 날
네가 왔으면 좋겠다

강혜경 시집

도토리숲

나만 한 시
작은 시를 내놓는다.
첫 입맞춤 같다.
부끄럽고
설렌다.

차례

1부

너를 두고 떠나는 길

파란 새벽
너를 두고
떠나는 길
건널목 신호등이
새빨간 울음을 터뜨린다

메꽃

숨어 피었다고
내 모를 줄 알았나요
그대 어여쁜 줄

몰래 피었다고
모를 줄 알았나요
그대 내 입맞춤 기다리는 줄

비가 오면

비가 오면 네가 온다
작은 내 방 창문으로
멈춰 선 내 차창으로
빗방울로 찾아온다
날 잊지 않았느냐고
잘 지내느냐고
아직 혼자냐고
창문을 톡톡 두드린다

접시꽃

까치발을 했지
오지 않는
널
보려고

그렇게 층층이
그리움이 쌓였지
처마 밑까지 쌓였지

꽃잎이 뚝뚝 떨어지는 날
네가 왔으면 좋겠다

봄비가 내리는 날
그리움이 뚝뚝 떨어지는 날
꽃잎이 뚝뚝 떨어지는 날
네가
왔으면 좋겠다
낮은 담장 너머로
내 이름
크게
불렀으면 좋겠다

나팔꽃

너 보려고
피었는데
이른 아침부터
피었는데
너 대신
하늘만
빈 하늘만

네가 보고프면

네가 보고프면
하늘을 본다
거기엔
웃는 네가 있고
같이 웃던 내가 있다

네가 보고프면
먼 산을 바라본다
거기엔
떠나는 네가 있고
소리 없이 우는 내가 있다

네가 사무치게 보고프면
눈을 꼭 감는다
널 보지 않으려고
널 그리지 않으려고

첩첩산중

어쩌라고…… 어쩌라고……

너에게 어찌 닿으라고……

목놓아 바람이 운다

그때를 기억해

그대 힘겨워 흔들릴 때

흔들려 주저앉을 때

그때를 기억해

우주에 우리 둘뿐이던

그때를

그대 안에 나만 있고

내 안에 그대만 있던

그때를 기억해

황홀해 어지럽던

그때를

널 데려갈 거야

널 데려갈 거야
바닷가 작은 집으로
무화과나무 우거진 돌담엔
솔이끼가 자라고
담쟁이덩굴 담장 아래엔
우산이끼가 자라는 집으로

널 데려갈 거야
산속 작은 집으로
창틀 아래엔
참나무 장작이 쌓여 있고
툇마루 밑엔
고양이가 졸고 있는 집으로

그곳에서 우리 수줍을 때

모르는 척 파란 지붕은

별들과 수다를 떨 거야

모르는 척 빨간 지붕은

바람의 노래를 들을 거야

가을 잎

나 먼저 물들어요
나 먼저 사위어요
찬란한 빛 속에
무심한 세월 속에

돌아누운 그대 뒤에서

하지만 그대

밤 숲을 거닐며 나는 아네
전나무 숲을 거닐며 나는 아네
별 숲을 거닐며 나는 아네
솔숲을 거닐며 나는 아네
사랑의 완성은 이별인 것을
사랑의 완성은 그리움인 것을

하지만 그대
잉걸불로 거기 있기를
부디 날 잊지 말기를

2부

괜찮아

우리도 쉬어 갈 때가 있을 거야
우리도 차가울 때가 있을 거야
사랑도 바람 같은 것일 테니
사랑도 계절 같은 것을 테니
그러니 우리
가끔은 돌아누워도 돼
가끔은 떨어져 걸어도 돼
살며시 손 뻗어 네 등을 돌리고
숨차게 달려가 네 손을 잡을 테니
언제나 내가 더 사랑할 테니

사랑

아무리 생각해도
사랑보다 더 행복한 건 없다
자꾸만 웃음이 난다

아무리 보아도
사랑보다 더 맛있는 건 없다
한겨울 냉면보다 맛있다

자귀나무

자귀나무 엎드린 줄기 뒤로
해가 지네
이파리들 수줍게 마주 보며
스르르 몸을 합치네
모르는 척 눈을 감는
연분홍 꽃송이들 위로
어둠이 내리네

그해 겨울

참으로 달콤했지
그해 겨울
너와 나
단풍나무 시럽처럼 녹았지

참으로 뜨거웠지
그해 겨울
너와 나
장작처럼 타올랐지

죽어도 좋았었지

너에게

완연한 봄이구나 했더니 여름같이 덥네 지난번에 냉장고에서 꺼내어 심은 감자는 땅 위로 잎을 틔웠어 머지않아 아이들 웃음 같은 감자알이 몇 개 달릴 테고 나도 조금은 웃을 수 있겠구나 해 그러다 또다시 고개 드는 기억에 아프기도 하겠지만 그래도 너는 내 품에서 나는 네 품에서 깊이 잠드는 날도 있을 거라고 믿어

　땅의 힘을 믿듯 비의 힘을 믿듯 계절의 순환을 믿듯 그렇게 변치 않는 희망을 가지려 해 너와 나 닥치지 않을지도 모를 두려움에 지쳐 쓰러지지 않고 어두운 기억에 지지 않았으면 해

널 잊으려고

산길을 걸어갔어
깊이, 깊이 걸어갔어
들길을 걸어갔어
멀리, 멀리 걸어갔어

가도, 가도 그리웠어

난

너는 날 떠난 적이 없다
홀로 앉은 겨울 식탁에 더운 물잔으로 있었고
시린 무릎에 포근한 담요로 있었다

너는 날 떠난 적이 없다
비 오는 저녁 내 작은 차유리에 눈물로 내렸고
봄날 시골 버스 정류장에 아침 햇살로 쏟아졌다

너는 날 떠난 적이 없다
한여름 들길에 메꽃으로 피었고
한겨울 강가에 진눈깨비로 날아왔다

난
널
잊은 적이
없다

마음이 그래

버려진 의자를 보면 마음이 그래
여기 남은 나 같은 게

비 맞는 의자를 보면 마음이 그래
홀로 울고 있을 너 같은 게

이슬 젖은 의자를 보면 마음이 그래
꼭 한숨 못 잔 우리 같은 게

겨울밤 편의점

아무도 올 것 같지 않군요
거리에 아무도 오가지 않아요
이런 일이 있으면 얼마나 좋을까요
문득 당신이 들어서는 일 말입니다
나의 눈은 다시 빛나고
심장은 다시 뜨거워질 테지요
그래요
돌이켜보니 삶은 언제나 기다림이었어요
당신을 기다리는 일
그러니 한 번 와 주지 않을래요
오늘 같은 밤 문득
내가 누구를 기다리는지도 모르는
이런 날 문득

한 사람

한 사람
숲길을 걸어간다
바람이 불어도
눈이 와도
그 사람
숲길을 걸어간다
어느 날 문득
나무가 될 때까지
날마다
그 사람
숲길을 걸어간다

비밀

숲이 아름다운 건
그 속에 살고 있을
수많은 생명 때문

열매가 아름다운 건
씨앗이 감추고 있을
신비한 비밀 때문

사람이 아름다운 건
그 사람이 품고 있을
은밀한 사연 때문

살짝 열린 대문에 설레는 건
그 집에 살고 있을
누군가 때문

그럴 때가 있지

가끔씩 그럴 때가 있지
눈앞이 캄캄한 그런 때가
무엇도 보이지 않고
어쩌면 좋을지 모를 그런 때가

가끔씩 그럴 때가 있지
눈물이 핑 도는 그런 때가
세상이 멈춘 것 같고
나만이 혼자인 듯 그런 때가

하지만 어둠은 우리를 키우는
마법의 빛인지도 몰라
하지만 눈물은 우리를 키우는
마법의 샘인지도 몰라

울지 마, 그래
그때 우린 크는 거야
어둡고 힘들 때

그때 우린 크는 거야
울지 마, 그래
그때 우린 크는 거야
씨앗도 캄캄한 어둠 속에서 자라

가끔씩 그럴 때가 있지
무릎이 꺾이는 그런 때가
가만히 입술을 물고
울음을 삼키는 그런 때가

3부

오월 아침

오월 아침 푸르른 차밭에서 늙은 여인들이 찻잎을 딴다 첫
아이 낳았을 적 기억 한 잎 첫 손주 보았을 적 기억 한 잎 고
운 임 떠났을 적 기억 한 잎 눈시울 붉은 기억을 한 잎 한 잎
따 담는다 자꾸만 자꾸만 솟아나는 기억을 뒤로 하고 늙은
여인들이 오월 아침을 따 담는다

늦가을 오후

산 아랫집 노인 마당에 나와 서성이고
이어팟 낀 소년 버스에서 내리는
늦가을 오후
응응— 응응—
뒷산에서 엔진 톱이 운다
지난 태풍에 쓰러진 아름드리나무 장례 모신다
세상 숲에 나와 오래도 흔들리더니
갈 때는 벼락처럼 갔다고
이게 다 꿈 아니면 무엇이겠느냐고
응응— 응응—
엔진 톱이 운다
서글프지만 슬퍼하진 말자고
본디 가지 않는 것이 없다고
났으니 가는 거라고
응응— 응응—
말씀이 울려 퍼진다

초겨울 풍경

푸른 잎은 붉어지고 붉었던 잎은 떨어졌다
숲속 살아 있는 것들은 낙엽 아래로 숨어들고
나는 산방에 들어 다시 월든을 읽는다
"나의 분노는 선한 마음에서 나온 것이며
나의 욕심은 참으로 소박하였다.
나는 내일도 살아갈 것이며
착한 내 이웃을 사랑할 것이고
세상을 사랑할 것이다."
부웅— 부웅—
가까이서 부엉이가 운다

겨울 잎

고독이 흰 옷을 입었다
이제 갈 때이다
떨어져 거름이 될 때이다
푸르른 한 생을 살았으니
떨어져 흙이 될 때이다
돌아보니 황홀하다
지난 생이 꿈만 같다
연이어 새순이 돋더니
꽃이 피었고 벌이 날아들었다
햇빛은 찬란하였고
바람은 뭉클하였다
거센 비바람에 찢기기도 하였으나
상처는 아물어 이야기로 남았다
이제는 조용히 다음 생을 기다릴 때,
또 한 번
찬란한 생을 준비할 때이다

녹슨 삽

녹슨 삽 두 자루
흙 위로 부서져 내린다
이승을 산 적 없다는 듯
몸을 입은 적 없다는 듯
스스로 형체를 지운다
고단한 기억 벗어내고
영겁으로 내딛는다

혜음원지에서

천년 유적지에서는
아무 말 하지 않을 일이다

대단했을 건축물들과
화려했을 사람들과
풍요로웠을 살림살이
모두 먼지로 돌아간 지 오래

천년 유적지에서는
말없이 풀과 나무와 모래와 흙과
대지를 덮으며 피어 있는 망초꽃을
가만히 바라볼 일이다
숱한 생명을 낳아 기르고 거둬 간 자연 앞에서
그저 묵상할 일이다

천년을 불어갔을 바람과
천년을 쏟아졌을 햇살과
천년을 내렸을 눈비를
눈 감고 떠올릴 일이다
천년을 묵언 중인
저 너럭바위를 생각할 일이다

봉우리

그 겨울 산골짜기엔 초저녁이면 별이 떴다
친구 부부는 스피커 볼륨을 한껏 높였다
사내의 거친 목소리가 골짜기에 울려퍼졌다
우린 너무 많은 걸 바란다고
우린 너무 높은 곳에 오르려 한다고
그러나 어쩌면 우린 이미 가졌는지도 모른다고
어쩌면 여기가 거기인지도 모른다고
나는 사내의 말에 동의했다
무더운 여름엔 놀이 같은 노동이 끝나면
부지런한 별들을 불러 내려
함께 계곡물에 발 담그고
음 음 음
같이 놀면 그만 아니냐고
눈 내린 겨울엔 저녁상을 물리고
소금 같은 별들과 산봉우리들과
함께 노래하면 그만 아니냐고
눈 덮인 너른 천과
천방지축 개 두 마리면

음 음 음

다 가진 거 아니냐고

우리가 오르려던 봉우리가

음 음 음

여기 아니면 어디겠느냐고

음 음 음

여기가 거기라고

여기가 거기 맞다고

나는 사내의 말에 동의했다

저녁 산책

암컷 찾아 마실 간 바둑이만 빼고
우리끼리 저녁 산책 간다
조 아래 조씨 아저씨네 농장을 지나려니
이이잉! 왜애앵!
큰 사슴 엘크가 소리를 막 지른다
왜 장가 안 보내주느냐고 성질을 막 부린다
바둑이 녀석이 약을 올리고 갔나 보다
오늘 산책은 끝이다

여름 한낮

모두 잠든
여름 한낮

심심한
새 한 마리
하느님을 깨운다

꿩!

초록 지붕 할머니

허리 수술 두 번이나 하신 초록 지붕 할머니
고추밭 이랑을 기듯이 다니면서
잡초를 뽑아 대야에 담으신다
아유, 저 풀떼기 좀 봐,
풀씨가 우리 밭으로 다 날아오겠네!
주말에만 농사짓는 옆집 아들 내외 흉을 보신다
할머니 허리 걱정은 나만 하나 보다

봄날

알코올 중독자 이씨가 이삿짐을 싼다
따스한 봄볕 아래 이삿짐을 싼다
이형, 질질 끌 거 뭐 있어,
올해가 가기 전에 빨리 끝내,
이웃 정씨의 짓궂은 농담에도
앞니 없이 함박웃음을 웃던 이씨가 이삿짐을 싼다
아침 댓바람에 소주병을 짤랑대며
세상 행복한 얼굴로 고갯길을 올라오던 이씨가
긴 겨울 무사히 나고 어디 좋은 데로 가려는지
눈부신 봄볕 아래 이삿짐을 싼다

바람뿐, 한숨 같은 바람뿐

큰비 지나간 엄마 무덤
우리 엄마 추울까
바랭이풀 머리칼 펼쳐 들고
좀씀바귀 보라색 꽃 이불 지었네
나 언제 엄마에게 따스한 적 있었나
산에는 바람뿐, 바람뿐
앉았다 가라는
한숨 같은 바람뿐

순복이

다 컸다고 줄에 묶여 있는 순복이
한 살도 안 된 순복이
흰 눈을 닮은 순복이
순복이네 지붕 위로
눈이 내리네
순복이 마음도 모르고
흰 눈이 펄펄 내리네

4부

나무 아래에서

바람 솔솔 부는 날이면
나무 아래에 누워
나무가 들려주는 이야기를 듣는다
나뭇잎을 흔들며 불어가는
바람의 이야기를 듣는다
신의 목소리를 듣는다
내 안의 목소리를 듣는다

이제야

배도 타지 않고
비행기도 타지 않으면서
평생을 헤매었다
책 속을 헤매고
머릿속을 헤매고
산과 들을 헤매고
이상과 현실 사이를 헤매었다
그리고 이제야
내 생이 지금 여기 있음을 깨닫는다
생은 다른 곳에 있지 않다는 걸 깨닫는다
나 여기에 살아 있음을
이제야 기뻐한다
비로소 나를 사랑하기로 한다
정말로 나를 사랑하기로
이제야

이보다 더 좋을 순 없다

없다, 없다 하다가도
눈비를 막아 줄 지붕이 있고
들어가 앉을 욕조가 있고
밥해 먹을 부엌살림이 있으니
더 바라면 욕심이다 싶어진다

외롭다, 외롭다 하다가도
나를 닮은 아이가 있고
내 이야기를 들어 줄 친구가 있고
내 발치에서 잠든 개가 있으니
난 복도 많은 사람이다 싶어진다

심심하다, 심심하다 하다가도
한여름의 천둥 번개와 소나기가 있고
한겨울의 눈과 차디찬 공기가 있고
한밤에 읽을 책이 있으니
이보다 더 좋을 순 없다 싶어진다
이보다 더 좋으면 탈 나지 싶어진다

어느 겨울 새벽이었다

미친 마음이었다
만만한 나뭇가지가 하나도 없었다

산속으로 들어갈수록 어두웠다
갑자기 오줌이 마려웠다

먼동이 트는 앞산을 바라보며 오줌을 누었다
살아질 것 같았다

어느 겨울 새벽이었다

시린 팔을 비비며

시린 팔을 비비며 서랍을 연다
스웨터 사이사이에
지난 기억이 숨어 있다

붉은 스웨터를 꺼내 들고
살며시 서랍을 닫는다

얼음이 녹는 어느 날
기억들이 깨어나더라도
난 괜찮다,
괜찮고 말 거다,
자꾸만 되뇌인다

이별 후에 해야 할 것들

이별 후에는 청소하기
마음이 가벼워지길 바라면서

이별 후에는 안 입는 옷 버리기
안 맞는 사람과 작별했듯이

이별 후에는 안 쓰는 그릇 버리기
섭섭하지만 시원하길 바라면서

차마 버리지 못할 게 있거든 그냥 두기
정녕 떠나보내기 싫은 마음 한쪽일 테니

나에게 1

우주가 신비로운 건
너란 사람은 단 한 사람뿐이기 때문

세상이 아름다운 건
그렇게 소중한 네가 여기 살고 있기 때문

그러니
널 꼭 사랑하도록
늘 좋은 것을 먹이고
충분히 잠을 재우고
즐겁게 해 주고
칭찬해 주고
격려해 주고
쉬게 해 주고
사랑을 느끼게 해 줄 것

그래서
너 눈감을 때 미소 짓게 해 줄 것

나에게 2

거둘 때 웃음 지을 것을 심을 것
나눌 때 기쁠 것을 모을 것
우정, 사랑, 대화, 유머를 배울 것
함께 행복할 시간을 준비할 것
무엇보다 홀로 깊어질 시간을 만들 것

그래서일까

내 눈엔
서리보다 아름다운 보석이 없다

내 눈엔
문구점 반지보다 예쁜 반지가 없다

그래서일까,
나 가난한 게

꼬오옥 고오고오

꼬오옥 고오고오
언제 왔는지 옆집 암탉
창밖 툇마루에 올라
근엄하게 뒷짐 지고
나를 콕 노려본다
어째 맨날 그 모양이오?
그래 오늘도 어제처럼 보낼 거요?
그럼 이거나 치우시든가!
꼬오옥 고오고오
물똥 한 점 싸놓는다

지난여름 초저녁

커다란 날개로 내 머리 위를 날아
백 살은 된 미루나무 위에 내려앉는
부엉이를 보았던
찰나가 영원이던
지난여름
초저녁

크리스마스이브에는

크리스마스이브에는
시골 마을 작은 예배당에 가보자
긴 의자에 앉아 작은 기도를 올리자
청소년 성가대의 노래를 듣자
가슴 깊숙이 숨겨 둔 그분을 만날지 모른다

눈 내리는 크리스마스이브에는
그리운 초등학교를 찾아가자
작아진 운동장에 서서 눈을 감자
흰 눈 위에 동창들 얼굴을 그려보자
잃은 줄 알았던 순수를 찾을지 모른다

쓸쓸한 크리스마스이브에는
연애편지가 든 상자를 열어 보자
잊고 있던 사랑들을 찾아보자
잊고 있던 설렘들을 살려보자
다시 심장이 뜨거워질지 모른다

그런 사람이 되고 싶다

간이역에 놓인 허름한 긴 의자 같은
그런 사람이 되고 싶다
가도, 가도 만날 사람 하나 없는 누군가를 위해

산동네 담장 아래 핀 분꽃 같은
그런 사람이 되고 싶다
자꾸만, 자꾸만 길을 잃는 누군가를 위해

백 살 먹은 느티나무 아래 놓인 평상 같은
그런 사람이 되고 싶다
걸어도, 걸어도 갈 곳 없는 누군가를 위해

이른 봄 숲길에 핀 생강나무꽃 같은
그런 사람이 되고 싶다
견뎌도, 견뎌도 생이 춥기만 한 누군가를 위해

후기

첫 시집을 낸다. 이래도 되는 걸까, 생각해 보지만, 아무튼, 늦었다.

부끄럽다.

굼뜨다.

평생이 그렇다.

먹먹하다. 답답하다. 가슴엔 하고 싶은 말이 가득한 듯한데, 말을 해보아도 글을 써봐도 크게 나아지지 않는다. 내 안에 뭔가 장애물이 있는 게 분명하다.

용기를 내는 게 내게는 가장 힘들다.

사는 게 참 그랬다. 처음 소설을 쓰던 서른 살 때보다 더 그랬다. 누구나 그렇듯, 외롭고 힘겨웠다.

외로운 바에 더 외로워지려고 산속 작은 마을로 들어갔다. 그곳에서 조금 더 가난해졌고, 덜 외로워졌으며, 터무니없을 만큼 느긋해졌다.

일상이 자연스러워졌다. 아침이면 개울에서 얼굴을 씻고, 저녁이면 개들과 산책을 했다. 배고프면 먹고, 배고프지 않으면 먹지 않았다.

창밖에서는 꽃이 피고, 바람이 불고, 소나기가 오고, 잎이 지고, 눈이 내렸다. 동이 트고, 별이 뜨고, 달이 뜨고, 해가 지는 풍경을 감사한 마음으로 바라보았다.

산비둘기 소리에 소리 내어 웃었고, 부엉이 소리에 지극한 행복감을 느꼈다.

비 오는 가을밤에 새끼 오소리와 함께 걸어도 보고, 진돗개에게 쫓기는 두더지를 구해도 보고, 꿩 소리에 이마를 치기도 하고, 죽은 새와 쥐와 고양이 같은 들짐승들을 묻어 주기도 했다. 자연은 나에게 많은 것을 가르치는 스승이고, 노래이고, 하느님이었다.

그렇게 시가 찾아왔다.
받아 적었다.
나의 크기만 한 시였다.
아주 작은. 사랑이었다.

모든 게 사랑이었다.

그리움이었다.

다 그리움이었다.

그리움은 고독을 닮았다.

그리움이 시의 다른 말이라면, 고독이 그리움의 다른 말이라면, 그렇다면, 남은 평생 시를 쓰게 되리라.

행복한 순간은 어쩌면 고독한 순간, 그리워하는 순간, 시를 쓰는 순간인지도 모르겠다. 고백건대, 시를 쓰는 순간만큼은 지극히 행복했다. 첫 입맞춤 같았고, 첫눈 같았다. 그리고 내가 좋은 사람처럼 느껴졌다. 더 나은 사람이 된 기분이었다.

노트에 적어 두었던 시들과 기아사외보에 실었던 시 몇 편을 고치고 다듬어 시집을 엮는다. 용기를 낸다.

이제는 정말로

좋은 사람이 되고 싶다.

더 나은 사람이 되고 싶다.

그래서 사랑을 멈추지 않으려 한다.

그리움을 끝내지 않으려 한다.

네가 올 때까지.

새해를 며칠 앞두고,

혜음령 산방에서

강혜경 대학에서 영어영문학을 전공하고, 종로서적 출판국과 몇몇 출판사에서 책을 만들었다. 2006년 동아일보 신춘문예 아동문학 부문에 당선하였다.
오래전 장편소설 《종이비행기를 접는 여자》를 썼다. 《꽃잎이 뚝뚝 떨어지는 날 네가 왔으면 좋겠다》는 첫 시집이다. 동시집 《형이 다 큰 날》이 있다.

꽃잎이 뚝뚝 떨어지는 날
네가 왔으면 좋겠다

초판 1쇄 펴낸 날 2024년 12월 30일

지은이 강혜경
펴낸이 권인수
펴낸 곳 도토리숲

출판등록 2012년 1월 25일(제313-2012-151호)
주소 03940 서울시 마포구 모래내로7길 38 2층 202-5호(성산동, 137-3)
전화 070-8879-5026 | **팩스** 02-337-5026
이메일 dotoribook@naver.com
인스타그램 @acorn_forest_book
블로그 http://blog.naver.com/dotoribook

기획편집 권병재 | **디자인** 새와나무

ⓒ 2024. 강혜경

ISBN 979-11-93599-16-7 03810